LE

Réveil Populaire

CHANTS ET POÈMES

PAR

G. FAURIE

ANCIEN ÉLÈVE DE L'ÉCOLE POLYTECHNIQUE

PARIS

AUGUSTE GHIO, ÉDITEUR

PALAIS-ROYAL, 1, 3, 5, 7, GALERIE D'ORLÉANS

1888

Tous droits réservés.

LE RÉVEIL POPULAIRE

CHANTS ET POÈMES

LE

Réveil Populaire

CHANTS ET POÈMES

PAR

G. FAURIE

ANCIEN ÉLÈVE DE L'ÉCOLE POLYTECHNIQUE

PARIS

AUGUSTE GHIO, ÉDITEUR

PALAIS-ROYAL, 1, 3, 5, 7, GALERIE D'ORLÉANS

1888

Tous droits réservés.

ALENÇON. — IMPRIMERIE F. GUY.

RÉPONSE DE M. PAUL DÉROULÈDE

AUX VERS QU'ON VA LIRE

Paris, 3 décembre 1887.

Mon cher camarade,

Le mieux a été encore une fois l'ennemi du bien. Depuis le jour où j'ai reçu vos vers j'ai toujours cru être à la veille d'une visite à Vincennes où je dois aller voir un ami et où j'espérais vous rencontrer, vous voir et vous féliciter de vive voix.

Je désespère cette fois de vous dire tout le bien que je pense de vos vers et je me résigne à vous l'écrire. Vous m'avez fait double plaisir, plaisir de camarade ès guerre et plaisir de confrère ès lettres.

Je suis heureux aussi que vous reconnaissiez mon ardeur patriotique et que vous commenciez à entrevoir le résultat de mes efforts, qui n'ont pour but que le relèvement de la nation et le rétablissement de son indépendance.

Cordiale poignée de main pleine de remercîments et de bons vœux.

Paul Déroulède.

LA PERFIDE ALBION

LA PERFIDE ALBION

Ainsi donc c'est écrit ! Albion la perfide
A la France toujours imposera des lois,
Et la France toujours patiente et timide
　　　Ecoutera sa voix.

Ainsi donc Albion, sans que nul s'en indigne,
Peut nous lier les mains, peut nous courber le front ;
Elle sait que toujours un mot, un geste, un signe
　　　Nous distrait de l'affront.

Nous aimons maintenant l'insulte et l'ironie,
Et nous sommes heureux lorsque l'on rit de nous ;
Car nous ne voulons pas troubler notre agonie
    D'un élan de courroux.

Nul ne respecte plus le lion qui succombe,
On s'en moque, on le nargue, on rit de ses douleurs,
On lui jette en passant le mépris de la tombe,
    Nul n'a pitié de ses malheurs.

Ce n'était pas assez des hontes de l'empire,
De Metz et de Sedan, et de l'invasion,
Et nous devons subir, notre destin est pire,
    La morgue d'Albion.

Quand vers nous, dans son île, elle fait la grimace,
Nous nous plaignons bien haut de nous trouver si loin,
Nous lui tendons la main sans voir qu'elle menace
    Et nous montre le poing.

Elle nous a ravi nos plus belles conquêtes,
Et rien que par l'intrigue et l'astuce, et son or,
Elle a su nous chasser sans combats ni défaites
        Et du sud et du nord.

Elle nous a volé les Indes, l'Amérique,
Arrachant de partout notre vieux pavillon ;
Et pour elle, à présent, nous avons en Afrique
        Creusé notre sillon.

La France avait semé dans tous les champs du monde
Son cœur et son esprit, sa sueur et son sang ;
Elle devait finir par la moisson féconde
        Un travail incessant ;

Elle allait recueillir après les jours de peine
Le prix tant désiré de ses vastes travaux,
Elle touchait le but et reprenait haleine
        Pour des labeurs nouveaux.

Albion l'épiait. Elle l'avait suivie
De loin, et pas à pas, voilant ses intérêts,
Dissimulant sa rage et cachant son envie
 D'arrêter nos progrès.

Et la France voyait sans haine sa rivale
Avec elle marcher sur le même chemin,
Lui désignait l'obstacle et l'ornière fatale
 Et lui tendait la main.

Puis, un jour, arrivait l'heure de la récolte,
Albion, doucement, s'approchait près de nous,
Et soudain, sans rien dire, elle entrait en révolte
 Le cœur plein de courroux.

Alors elle voulait partager nos victoires,
Avoir le même honneur et le même butin,
Et, sans avoir risqué nos dangers, nos déboires,
 Avoir notre destin.

Alors elle entamait une lutte muette,
Poursuivant en dessous son ténébreux travail,
Payant sans marchander tout ce que l'or achète,
    Nous minant en détail.

Puis elle nous lançait dans quelque grande guerre
Pour laquelle il fallait unir tous nos efforts,
Elle disait un mot et nous tous pour lui plaire
    Combattions sans remords.

La France se ruait sur l'Europe liguée,
La perfide Albion nous poussait en dessous,
Et, quand la France était vaincue ou fatiguée,
    Elle riait de nous.

Et quand nous demandions du secours auprès d'elle
Elle envoyait son or et jamais ses soldats,
Et nous remerciions l'alliée infidèle,
    Nous inclinant bien bas.

Puis elle se mêlait à la foule ennemie,
Se cachant derrière elle et déguisant sa voix,
Cherchant à rabaisser la France son amie
  Pour la mettre aux abois.

Et lorsqu'il faut solder le prix de la défaite
Et lorsqu'il faut enfin payer notre rançon,
Elle ose, pour avoir une gloire complète,
  Nous voler sans façon.

Elle met sans péril la main sur notre ouvrage,
Elle nous voit blessés, haletants et meurtris,
C'est alors qu'elle peut montrer quelque courage
  Et mépriser nos cris.

Eh bien! jusques à quand, pauvre France dupée,
Tes enfants verront-ils la rougeur à ton front,
A ton âme la honte, au fourreau ton épée,
  A ton drapeau l'affront?

Eh bien ! jusques à quand seras-tu magnanime ?
Jusqu'où pousseras-tu l'abandon de tes droits ?
Sais-tu que s'abstenir pour un peuple est un crime
  Dont on meurt quelquefois ?

Allons ! réveille-toi. Chasse ta somnolence,
Montre un peu de courroux. Haut les cœurs, haut les bras,
Venge-toi de l'insulte et punis l'insolence :
  La France ne meurt pas.

Si tu veux d'Albion compter les félonies,
Voir de combien de vols tu devrais te venger,
Compte tous les pays, toutes les colonies
  Qu'elle a su s'arroger.

TERZZA RIMA

A M. PAUL DÉROULÈDE

Président de la Ligue des Patriotes

auteur des « chants du soldat »

TERZZA RIMA

Poète, si ta voix au loin s'est fait entendre,
Et si partout tes chants ont fait vibrer les cœurs,
C'est qu'enfin le pays commence à te comprendre.

C'est que l'instant approche où d'arrogants vainqueurs
Devront parler plus bas, cesser leur insolence,
Retenir leurs propos triomphants et moqueurs.

Maintenant la patrie, à bout de patience
Se tient prête à bondir sur un vil étranger,
Et c'est toi qui, rompant un servile silence,

D'oublier nos revers lui montras le danger ;
C'est toi qui sans relâche attisant la revanche
Allumas dans les cœurs l'ardeur de se venger.

Ta parole jadis nous paraissait trop franche ;
Nous allions disant : « Pourquoi parler si fort ?
« Si son cœur est trop chaud que tout bas il s'épanche ;

« Qu'il attende avec nous le moment de l'effort,
« Ignore-t-il qu'un mot pourrait tout compromettre ?
« Nous ne sommes pas prêts, il le sait, il a tort. »

Et tu nous laissais dire et tu passais. Peut-être
Ton cri de guerre alors était-il plus strident ?
Tu savais quels désirs tes chants avaient fait naître,

La rage que cachait notre zèle prudent,
Quel feu devait couver lentement sous la cendre,
Et ton cœur de soldat devenait plus ardent.

Et peut-être sans toi l'habitude d'attendre
Eût fini par nous faire oublier nos affronts,
Et tout espoir serait impossible à reprendre.

Oui, nous buvions à longs traits la honte ; et nos fronts,
Se courbaient pâlissants sous l'injure étrangère ;
Nous tremblions, hélas ! de paraître trop prompts.

Pourtant on entendait ta trompette guerrière,
On écoutait sonner tes appels de clairon,
Et tous nous frémissions lorsque ta muse altière

Nous répétait ce chant, chant que rien n'interrompt.
Hélas ! Oui, dans nos cœurs un souffle de vengeance
Se levait ; nul n'était ni lâche ni poltron,

Nul n'avait intérêt à vanter l'indulgence;
On voulait retarder le terrible moment,
Et frapper à coup sûr cette odieuse engeance

Qui s'est constituée en empire Allemand.
Aujourd'hui va sonner l'heure de la justice,
Et demain sonnera celle du châtiment.

Permets donc qu'avec toi nous entrions en lice;
O poète, permets que notre infime voix
Pour un jour seulement à la tienne s'unisse

Et que nous criions sus aux Prussiens aux abois.
Et lorsque nous serons là-bas à la frontière
Tu verras sous tes yeux ces prudents d'autrefois.

Et l'air retentira de quelque strophe altière,
Lancée, aux jours de deuil, de ton cœur frémissant,
Et qu'eux gardaient tout bas pour la prochaine guerre.

Tu les verras toi-même à l'assaut s'élançant,
Fous de patriotisme et délirants de gloire,
Versant pour le pays le meilleur de leur sang.

Et les vainqueurs d'alors auront dans la mémoire
Les chants qu'ils répétaient au milieu des combats,
Et ces chants deviendront les chants de la victoire,

Après n'avoir été que les chants du soldat.

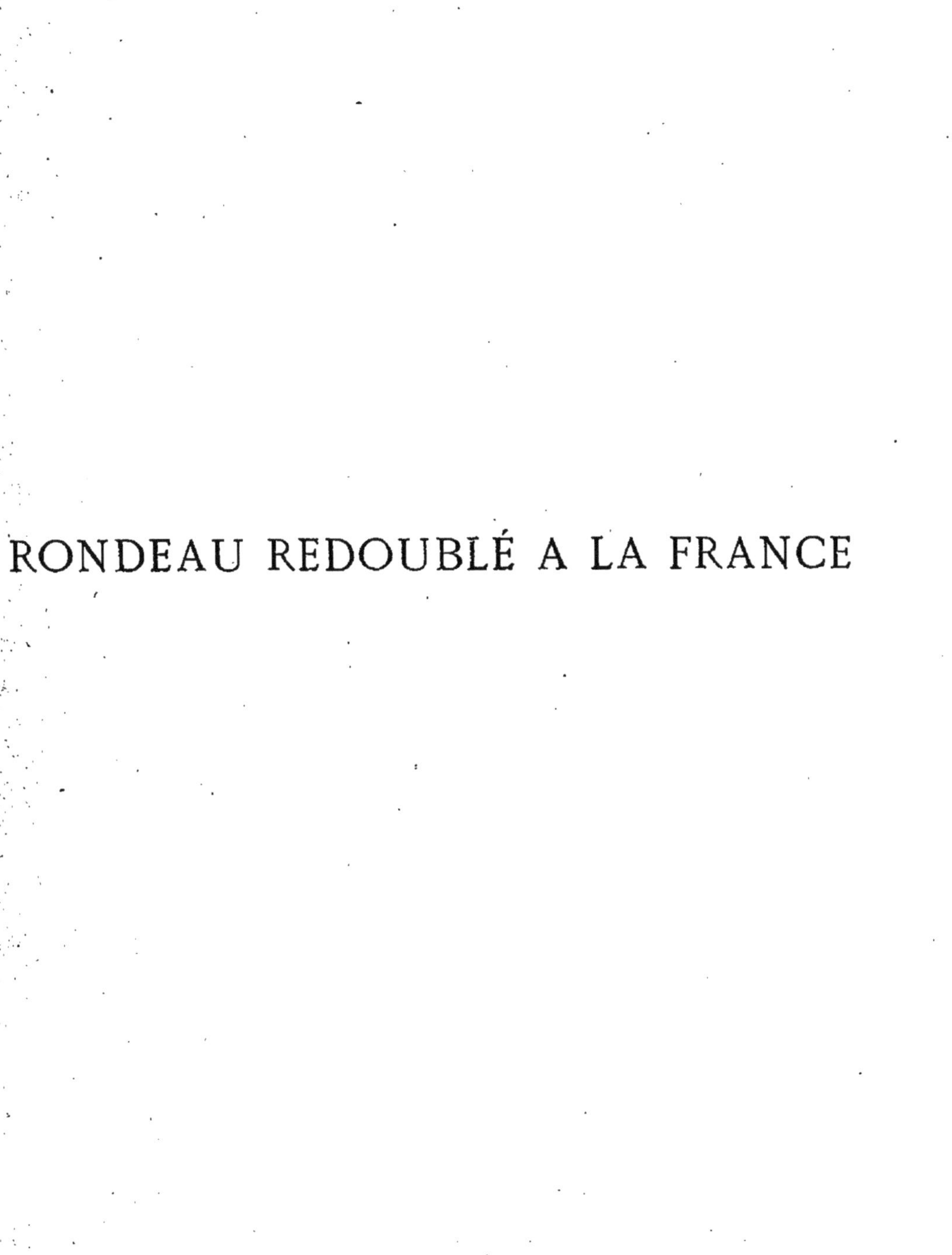

RONDEAU REDOUBLÉ A LA FRANCE

A M. PAUL DÉROULÈDE

En raison de l'an à venir,
Au lieu d'une carte banale,
Je vous adresse un souvenir
De forme plus originale.

RONDEAU REDOUBLÉ A LA FRANCE

Belle France, à tes pieds permets que je me jette
Pour t'offrir en ce jour mes vœux de nouvel an.
Et vous près d'elle, ami, soyez mon interprète,
Puisqu'elle a su toujours répondre à votre élan.

Si pour marcher vers toi mon pas timide est lent,
Ce n'est que ta beauté qui me trouble la tête;
J'ai peur de te déplaire et mon cœur est brûlant,
Belle France; à tes pieds permets que je me jette.

Je t'aime sans le dire et ma muse est muette,
Et je reste à genoux pâle, hélas ! et tremblant,
Et je suis sans parole et ma langue s'arrête
Pour t'offrir en ce jour mes vœux de nouvel an.

Mais vous qu'elle connaît, d'un seul mot l'appelant,
Vous pouvez lui parler à ma place ; ô poète,
Venez à mon secours, soyez brave et galant,
Et vous près d'elle, ami, soyez mon interprète.

Elle a brûlé pour vous d'une flamme secrète,
Mais je vous ai surpris bien des fois lui parlant,
Et qu'importe entre nous qu'elle soit indiscrète
Puisqu'elle a su toujours répondre à votre élan.

Eh bien ! dites-lui donc ce vœu sombre et troublant
« Que bientôt le Prussien à tes lois se soumette,
« Qu'il tombe sous tes coups déshonoré, sanglant ;
« Ou bien qu'il se repente et qu'il courbe la tête,

     « Belle France, à tes pieds.

LA PENDULE DE WEIMAR

LA PENDULE DE WEIMAR

BALLADE

Depuis qu'elle est chez l'Allemand
C'est bien en vain qu'on la remonte ;
Elle veut tenir son serment
Et ne veut pas marquer la honte.
Tous nos affronts elle les compte ;
Mais son tic-tac n'est pas bavard.
Oui, c'est en vain qu'on te remonte,
Pauvre pendule de Weimar.

Elle connaît notre tourment;
Sait ce qu'il faut que l'on affronte
Pour la changer de logement.
Ce que l'on dit, ce qu'on raconte
En elle-même elle l'escompte;
Mais elle nous trouve en retard.
Comment faut-il qu'on te remonte,
Pauvre pendule de Weimar?

Faut-il changer ton mouvement,
Faut-il te mettre à la refonte,
Ou bien faut-il tout simplement.
A ton voleur demander compte?
Sois patiente : notre honte
Devra prendre fin tôt ou tard.
Il faut qu'un Français te remonte,
Pauvre pendule de Weimar.

ENVOI

Sire, cette pendule en fonte,
Vaut, je crois, moins d'un milliard;
Pourtant vous nous en rendrez compte...
Pauvre pendule de Weimar.

LE PEUPLE

LE PEUPLE

Dans la nature, il est une étrange puissance
Inconnue au vieux monde et vieille comme lui,
Qui tout à coup parut et cachant sa naissance
Semble être d'aujourd'hui.

Cette force d'abord aveugle, insouciante,
Agissait au hasard sans ordre et sans dessein,
Elle ne savait pas qu'une âme consciente
Sortirait de son sein.

Mais la loi du progrès incessant et rapide
Qui gouverne et régit ce mobile univers,
    Vint bientôt lui donner, un nom, un but, un guide,
        Des organes divers.

Et le peuple naquit. Une aurore nouvelle
D'un monde qui croulait éclaira l'horizon,
    Dans les cœurs engourdis jaillit une étincelle
        D'amour et de raison.

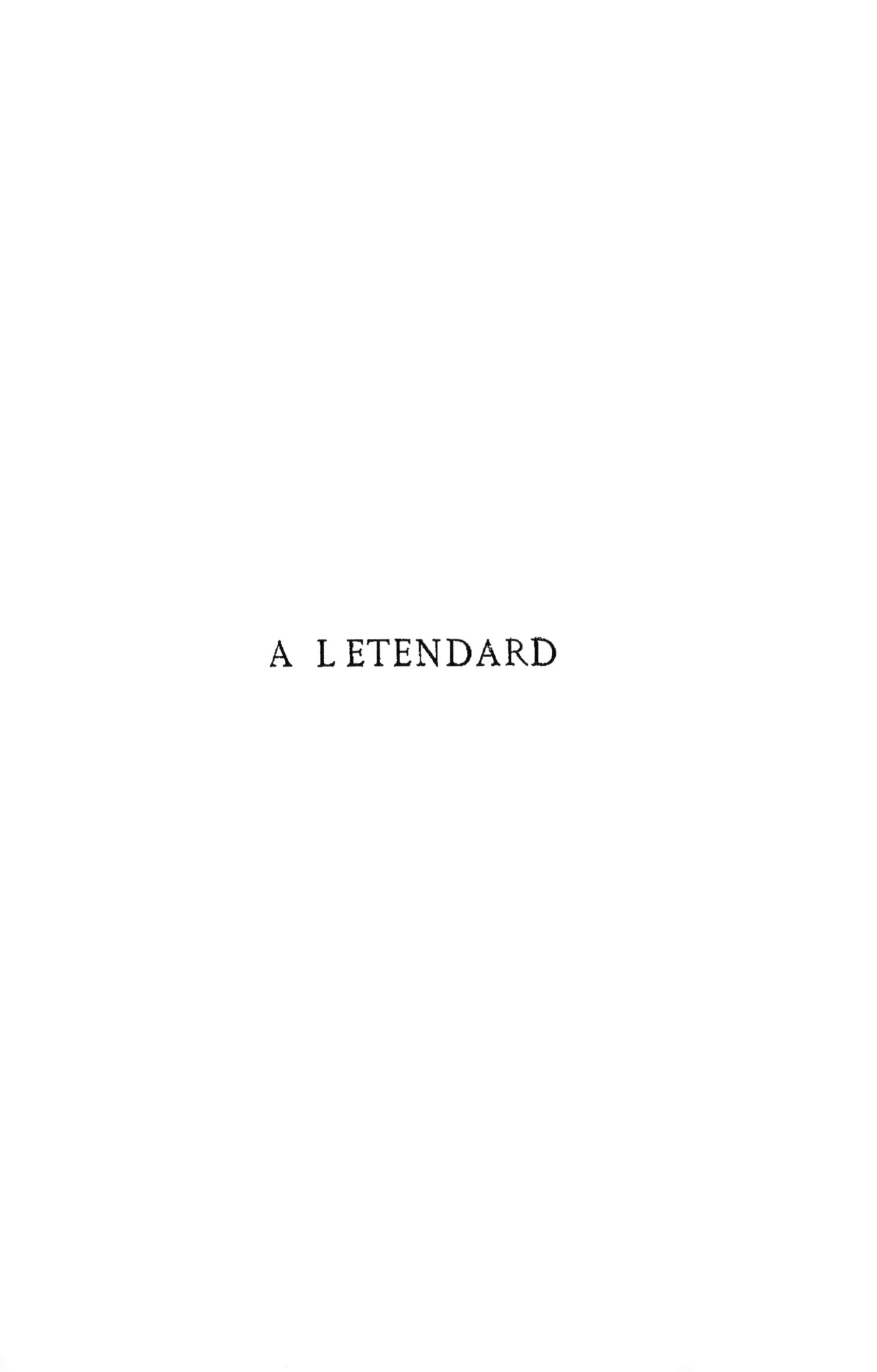
A LETENDARD

A L'ÉTENDARD

BALLADE

La belle enfant, lorsque vient le dimanche,
Met un corsage enrichi de velours,
Des franges d'or descendent sur sa hanche,
Rien n'est trop cher pour parer ses atours.
Bel étendard, objet de nos amours,
Nous prodiguons pour toi comme pour elle
Les fins tissus, la soie ou la dentelle.
Nous te voulons attirant tous les yeux,
Riche, éclatant, comme une jouvencelle,
Brûlant aussi les cœurs de mille feux.

Le jour va se lever où la revanche
A ton sujet changera nos discours.
Comme à l'enfant lorsque vient l'avalanche
Nous serons là pour te porter secours.
Les jours de paix feront place aux grands jours
Où nous devrons vider notre querelle.
Oh! la lutte sera longue et cruelle!
Nous te verrons dans des combats affreux
Eblouissant d'une gloire immortelle,
Nous entraînant aux risques généreux.

De nos côtés si la fortune penche,
Si nous goûtons ses enivrants retours,
Quand tu seras sur notre terre franche
Nous serons là rangés sur ton parcours.
Tu n'auras plus tes superbes atours,
Plus de dorure et plus de brocatelle,
Plus de tissus où la moire étincelle :
Percé de trous, noir, déchiré, poudreux,
On t'aimera plus qu'on aime sa belle,
Si l'on peut dire à leur prince honteux :

ENVOI

Roi Guillaume, la victoire infidèle
Est revenue à la France nouvelle.
Ornant encor vos temples orgueilleux,
De nos drapeaux sont sous votre tutelle.
Rendez-les. Non?... Nous les prendrons, tant mieux.

SURSUM CORDA

SURSUM CORDA

A MM. LES ACADÉMICIENS QUI AVAIENT PRIS CE SUJET
POUR LE CONCOURS DE POÉSIE

> Quos ego. . . . .

Pourquoi ce cri? D'où vient une telle insolence?
Croit-on qu'il est besoin de réveiller nos cœurs?
Qui donc ose venir blâmer notre indolence,
Et nous jetant ainsi ces sarcasmes moqueurs
Prétend nous arracher à notre somnolence?

Qui sommes-nous? qui sont ceux qui prennent le droit
D'exciter nos ardeurs, d'envenimer nos rages?
Sommes-nous donc craintifs et pâlissants d'effroi?
Croit-on que rappeler sans cesse nos outrages
Soit toujours opportun et soit toujours adroit?

Si nous avons subi la honte et l'infamie,
Si d'immenses malheurs ont abaissé nos fronts
Et plié nos genoux sous l'épée ennemie,
Pourquoi donc supposer que devant tant d'affronts
La vengeance soit morte et la haine endormie?

Comment! depuis quinze ans que nous rongeons le frein,
Qu'on nous retient les bras, qu'on trompe notre attente,
On trouve tout d'un coup notre front trop serein!
Quand on ne nous permet qu'une rage latente
On vient nous reprocher que nos cœurs sont d'airain!

Nos cœurs sont aussi hauts que des cœurs peuvent l'être;
Et votre cri barbare est une insulte. Eh quoi!
Vous ne voyez donc pas l'ardeur qui nous pénètre?
Vous êtes sans désir, sans courage, sans foi,
Vous n'avez pas encore appris à nous connaître.

Apprenez, apprenez que nous sommes là, nous
Les jeunes, les vaillants prêts à venger vos hontes.
Car, si l'on a courbé nos bras et nos genoux,
Est-ce à nous que l'on doit en demander des comptes!
Nous étions des enfants. Les coupables, c'est vous.

Et si nous acceptons de laver vos injures
Vous sied-il de venir douter de notre ardeur?
Vous n'avez que le droit de panser nos blessures :
Ayez plus de réserve, ayez plus de pudeur.
Nous saurons effacer les communes souillures.

Votre honte est la nôtre, et nous sommes vos fils;
Nous ne refusons pas votre maigre héritage.
Nous avons partagé vos combats, vos périls;
Mais nous, nous n'avons pas la froideur de votre âge.
Nos bras sont prêts et forts, les vôtres le sont-ils?

Jadis de vos conseils la néfaste ingérence
A l'empire tombé crut donner un appui,
Et vous avez voté la guerre. Eh bien! La France
Ne vous écoute plus. C'est en nous aujourd'hui,
C'est en nous seuls qu'elle a mis sa seule espérance.

Nous lutterons pour vous ; nous saurons vous venger
Ou nous saurons mourir pour vous et la patrie.
Sous tes jeunes drapeaux nous viendrons nous ranger,
Nous te relèverons, pauvre France meurtrie,
Et nous courberons à tes genoux l'étranger.

Mais vous ne doutez pas de notre grandeur d'âme,
Et remerciez-nous de n'être pas plus prompts.
Sous la cendre parfois couve une immense flamme.
Ce que nous devons faire certes nous le ferons,
C'est en vain qu'on dispute, en vain que l'on réclame.

Et puis laissez ce cri qui ne nous convient pas ;
C'est le cri de la peur, le cri de la fatigue,
Le cri que l'on adresse aux hommes qui sont las ;
Ne précipitant pas l'avalanche il l'endigue ;
S'il élève les cœurs, il arrête les bras.

Pourtant si vous voulez un cri qui nous entraîne,
Prenez ce cri français qu'on pousse si souvent,
Qui ne peut exciter ni colère, ni haine,
Qui n'inspire à personne un orgueil décevant,
Ce cri qu'il ne faut plus aujourd'hui qu'on retienne,
Ce cri qui nous échappe : En avant ! En avant !

L'AME DE LA PATRIE

L'AME DE LA PATRIE

ODE

L'Empire était couché dans le luxe et l'orgie,
Il cherchait le sommeil et l'oubli du passé,
Et voulait que le sang dont sa main fut rougie
    Parût s'être effacé.

Dans la pourpre et dans l'or il cachait son ivresse ;
Et tous venaient joyeux distraire son ennui,
Et tous pour l'égayer d'une vile caresse
    Se roulaient près de lui.

Après avoir subi son odieuse étreinte
La France succombait dans la honte et le deuil,
Et de vices honteux portant l'horrible empreinte
        Dormait dans son cerceuil.

Mais son âme parfois quittait sa sombre couche
Et, faisant espérer quelque lointain réveil,
Elle allait du tyran, frissonnante et farouche,
        Hanter le lourd sommeil.

Et les morts à sa voix sortaient des noirs abîmes,
Et devant le boureau se redressaient soudain ;
Et l'on voyait passer au milieu des victimes
        Le spectre de Baudin.

Et l'Empire râlait, lorsqu'un jour à sa porte
L'horrible invasion alluma son flambeau ;
Et la France que tous croyaient à jamais morte
        Sortit de son tombeau.

Et l'Empire mourut; et la France trahie
Refusa de livrer ses armes, ses enfants,
Et vit avec douleur sa campagne envahie
    D'étrangers triomphants.

Elle voulait punir une pareille offense,
A de grands souvenirs rappeler tous les cœurs,
Rallier les vaincus, inspirer la défense
    Et dompter les vainqueurs.

Mais hélas! par vingt ans d'affreuse tyrannie,
Par vingt ans de débauche et de luxe insensé,
La France avait pu voir et sa gloire bannie
    Et son or dépensé.

Hélas! et maintenant à sa gorge meurtrie
Un ennemi cruel présentait le poignard,
Et sur ses derniers fils notre chère patrie
    Jetait un œil hagard.

Paris était cerné! Paris, le cœur du monde,
Palpitait de douleur sous un cercle de fer,
Paris ne pensait plus, sa parole féconde
        Ne passait plus dans l'air.

Et tout semblait fini, sur une tombe ouverte
De perfides vainqueurs se disputaient tout haut,
Et sous le nom de paix la honte étant offerte,
        Ils n'attendaient qu'un mot.

Ah! la honte... la honte!.. On n'y pouvait pas croire;
Trop d'illustres héros semblaient devoir rougir;
Trop de martyrs vengeurs . de notre antique histoire
        Semblaient devoir surgir.

Mais qui donc groupera nos forces hésitantes,
Qui donc réunira tant d'éléments épars,
Qui saura donc ranger nos troupes palpitantes
        Sous nos vieux étendards?

On nous dit que Paris tiendra longtemps encore,
Que Bazaine dans Metz est toujours glorieux,
Que l'espoir... Mais voyez, voyez ce météore
    Qui passe dans les cieux.

Il vient pour réveiller les haines endormies,
Pour exciter les cœurs contre un vil étranger ;
Il a su traverser les lignes ennemies
    Et braver tout danger.

Bientôt il semble à tous que la voix de la France
Parcourt en frémissant nos villages déserts,
Qu'un souffle de victoire et qu'un vent d'espérance
    S'envolent dans les airs.

De jeunes légions se forment sur la Loire,
Les villes, les hameaux regorgent de conscrits,
Tous veulent se venger ou mourir avec gloire
    Sous les murs de Paris.

Un élan généreux les pousse et les entraîne,
En vain nos généraux modèrent leurs transports,
Ils ont soif de combats, de vengeance, de haine,
     De luttes corps à corps.

Et l'hymne des grands jours aux strophes enflammées
Des lèvres des guerriers s'échappe en frémissant,
L'ardente Marseillaise excite nos armées
     De son refrain puissant.

Le sol tremble ; on se bat... L'ennemi se replie ;
Bavarois et Saxons s'échappent dans le bois.
A nos fiers étendards le succès se rallie...
     Pour la première fois.

Coulmiers ! unique éclair de notre vieille gloire !
Que de cœurs pleins d'espoir ont répété ton nom,
Que d'élans généreux le soir de la victoire
     Quand s'est tu le canon !

Comme on sentait vibrer l'âme de la patrie !
Ah ! comme on oubliait les stériles débats !
Ah ! l'on ne pensait plus qu'à la France meurtrie
    Et qu'aux futurs combats !

Mais d'où vient ce sanglot? quelle est cette souffrance !
Ah ! Français, écoutez... « ... Élevez vos esprits
« A la hauteur des maux qui fondent sur la France. »
    Oh ciel ! quels sont ces cris?

Metz a capitulé ! Bazaine était un traître !
O trahison infâme ! O honte ! O désespoir !...
L'espérance un matin commençait à renaître,
    Elle est morte le soir !

C'est fini ! La patrie, un seul jour réveillée,
S'en alla tristement prendre un voile de deuil,
Et les larmes aux yeux, sanglante, dépouillée,
    Se remit au cercueil.

Et deux de ses enfants manquaient près de sa tombe ;
Et les autres disaient : « Où sont-ils tous les deux ?
« Sans doute on les a pris ? C'est un vol ! qu'il retombe
    « Un jour, bientôt, sur eux... »

SONNET

SONNET

Pourquoi dire toujours, hélas! quand tout varie?
O poëte, tout passe et tout change ici-bas,
Tout commence et finit, et tout germe de vie
Contient fatalement le germe du trépas.

Dans un cercle sans fin tout tourne et tout se lie.
En vain chaque être croit qu'il ne changera pas,
Un souffle vient un jour dissiper sa folie,
Car, si tout naît, tout meurt, poëte!... tu mourras!

Tu mourras! mais ton âme immuable, éternelle,
Abandonnant alors sa prison d'un coup d'aile
Au ciel ira planer là-haut, dans l'infini...

Tu mourras! mais ton âme errera dans l'espace,
Tu la reconnaîtras, tu verras face à face
Son idéal, son but et son rôle béni!

LE LION

LE LION

Le peuple rugissant brisait enfin sa chaîne;
Endormi par l'erreur et lié par la haine
Il s'était assoupi, mais dans son long sommeil
Souvent il fit prévoir un terrible réveil.
Et ses maîtres passaient et dans leur folle ivresse
Ils jetaient sans souci l'injure à sa faiblesse,
Et toujours plus avant enfonçaient l'aiguillon.
Aussi, fou de douleur, de rage, le lion,
Un jour aux quatre vents secouant sa crinière
D'un souffle fit voler ses chaînes en poussière,

Et sur ce monde abject d'un seul bond s'élançant
Le broya sous ses pieds dans les pleurs et le sang;
Puis las de son effort, incertain sur sa route,
Envahi par la crainte et troublé par le doute
Il s'arrêta, jetant un long regard d'horreur
Sur les débris épars de sa sombre fureur.

LE DRAPEAU

LE DRAPEAU

ODE

O sublime étendard de notre belle France,
Quel mot mystérieux murmures-tu tout bas?
Est-ce un mot de victoire, est-ce un mot d'espérance
    Qu'entendent nos soldats?

Nos cœurs battent plus fort et plus vite, à ta vue
Dans nos veines circule un sang plus généreux,
Nous nous sentons meilleurs, notre âme est plus émue,
    Des pleurs mouillent nos yeux.

Pourquoi les vieux soldats tremblent-ils quand tu passes,
Pourquoi les généraux inclinent-ils leur front,
Pourquoi ces sabres nus, ces gestes de menaces,
    Ces appels de clairon ?

Ah ! c'est toi le géant des grandes épopées !
Car tu foulais jadis, avec nos fiers soldats,
Océans et déserts, Alpes et Pyrénées,
    De tes immenses pas.

Eh bien ! dis-nous comment savaient mourir nos pères,
De quel air orgueilleux ils marchaient à l'assaut,
Quel regard enflammé brillait sous leurs paupières,
    Comme ils te portaient haut.

Dis-nous ce qu'ils voyaient sur tes couleurs brillantes :
Quels tendres souvenirs, quels visages amis ?
Étaient-ce leurs aïeux, leurs enfants, leurs amantes,
    Qu'ils voyaient dans tes plis ?

Oui, oui c’étaient bien eux. Car c’était toi, patrie,
Qui leur apparaissais ainsi dans leur drapeau;
C’était toi, qui portais à leur âme attendrie
          Les vœux de leur hameau.

Puis aux jours de combat tu passais douce et fière
Et disais à chacun : « Je te suivrai des yeux,
« Près de toi je viendrai te parler de ta mère
          « Et te montrer les cieux. »

Et cette voix venait de notre chère France.
C’était la voix de ceux qu’on a laissés là-bas;
Mais c’étaient bien des mots de gloire et d’espérance
          Qu’entendaient nos soldats...

Eh bien ! qu’entendons-nous, nous, Français, à cette heure?
Hélas ! que voyons-nous caché dans nos drapeaux ?
C’est la Lorraine en deuil, c’est l’Alsace qui pleure,
          C’est la France en lambeaux.

Ce sont nos ennemis   raillant la Marseillaise
Dont les mâles accents leur firent tant de peur,
Ce sont les Prussiens , sur la terre française
        Fêtant leur empereur !

Nous entendons gémir les vieillards et les femmes
Qu'il a fallu laisser au village envahi ;
Ils pleurent leur maison qu'on a livrée aux flammes,
        Car ils n'ont pas trahi.

Ils sont là tous les deux, l'aïeule et le grand-père,
Regardant le doux nid   où leurs enfants sont nés ;
Malgré l'âge on les voit frissonner de colère,
        Pauvres abandonnés !

Et leur fils est, dit-on, captif en Allemagne,
Et quand il reviendra, si Dieu le veut, un jour,
Il ne trouvera plus son toit dans la campagne
        Hélas ! à son retour.

Eh bien! oui ces malheurs sont écrits sur ton voile,
O France, et nous lisons notre deuil éternel;
Mais nous ne voyons pas, nous, pâlir ton étoile,
    Toujours brillante au ciel.

Nous avons vu traîner nos drapeaux dans la boue
Par de vils généraux vendus à l'étranger;
Et ces lâches ont fui le soufflet sur la joue
    Sans vouloir se venger.

Mais depuis, que de morts pour laver cette honte!
Combien ont succombé sans murmures, sans cris?
Qui des martyrs obscurs pourra dire le compte
    En province, à Paris?

O mon bel étendard, toi seul a vu leur gloire,
Toi seul peux les nommer ces enfants généreux,
Et, leurs noms n'étant pas dans notre ingrate histoire,
    Toi seul parleras d'eux.

Et, quand tu passeras **un** jour dans le village,
On croira les revoir tous ces chers inconnus…
Et, si les cœurs alors se soulèvent de rage,
      Les temps seront venus…

Partout on n'entendra que des cris de vengeance,
La fin de notre deuil finira nos remords,
Et nous verrons briller le jour où notre France
      Pourra venger les morts…

Mais pourquoi faire appel à la guerre inhumaine ?
La force ne peut pas toujours primer le droit,
Et Dieu fait récolter la misère et la haine
      A qui sème l'effroi.

L'avenir, on l'a dit, appartient au plus sage ;
Soyons prêts, attendons et nous serons puissants.
Méprisons les combats, ces moyens d'un autre âge
      Et des peuples enfants.

Et toi, mon beau drapeau, qu'au milieu des batailles
On voyait autrefois, par la poudre noirci,
Excitant nos soldats aux sombres représailles,
    Ton rôle change aussi.

Jadis tu fus la foudre éclatant sur la terre.
Eh bien! sois maintenant, dans ce monde agité,
L'arc-en-ciel radieux qui nous annonce l'ère
    De la fraternité.

Et vous, fidèle Alsace et Lorraine chérie,
Gardez-vous des desseins d'étrangers odieux,
Adressez quelquefois à la mère patrie
    Un souvenir pieux.

Aimez, aimez toujours les couleurs de la France;
Le rouge c'est le sang qu'elle a versé pour vous,
Le blanc c'est le passé, le bleu c'est l'espérance,
    Leur union c'est nous!

AUX PARTISANS

DES REGIMES DECHUS

AUX PARTISANS

DES RÉGIMES DÉCHUS

A PROPOS DE L'ARTICLE 7 DES LOIS FERRY

Quoi! vieillards, vous voulez endiguer le torrent!
Quoi! vous comptez pouvoir avec vos mains débiles
Vos pensers d'un autre âge et vos projets séniles
    Barrer le flot montant!

Vous voulez dire aussi, misérables pygmées :
« Tu n'iras pas plus loin. » Ce mensonge odieux
Qu'inventèrent jadis vos sectes alarmées
    Comme émanant des Dieux !

Ah! vous êtes les fils de ceux qui dans la nue
Prétendaient d'un seul mot arrêter le soleil;
Ah! leur rêve aujourd'hui parmi vous continue;
    Vous dormez leur sommeil.

Et vous voulez aussi tout arrêter sur terre,
Changer à votre gré le soleil de saison,
River l'étoile au ciel, enchaîner la lumière,
    Et lier la raison.

Prenez garde, vieillards, il en est temps encore,
Renoncez, renoncez à vos mauvais desseins;
Refusez d'écouter ceux que le peuple abhorre
    Et leurs conseils malsains;

Songez que dans la vie il faut que tout progresse,
Et que tout doit changer car tout doit se mouvoir,
Que rien n'est immobile et que le strict devoir
    Est d'avancer sans cesse.

Avancer! ce seul mot fait pâlir votre front.
La borne est votre dieu, l'arrêt votre croyance,
Un seul pas en avant est pour vous un affront,
    Le progrès une offense.

Avancer! mais hélas, vous ne le pouvez pas;
Un bandeau sur vos yeux depuis longtemps se noue,
Vous craignez de tomber et la froide peur cloue
    La terre sous vos pas.

Vous êtes aveuglés, sans but et sans boussole,
Vous piétinez sur place ou marchez à tâtons,
Car vous ne voyez pas resplendir d'auréole :
    Et nous, nous nous hâtons;

Et votre foi s'en va car ce n'est qu'un beau songe,
Et vous ne voyez pas au loin l'humanité
Qui vient pour remplacer la haine et le mensonge
    Par la fraternité.

Et pourtant tout annonce une époque nouvelle!
Et déjà de l'abîme on aperçoit le fond,
Et déjà dans la nuit jaillit une étincelle :
    Les dieux, les rois s'en vont.

Le droit et la raison s'unissent à la force,
O vieillards, et craignez que vos pas chancelants
Ne viennent vous placer malgré vous et tremblants
    Entre l'arbre et l'écorce.

LE DRAPEAU ROUGE

LE DRAPEAU ROUGE

La foule au loin rugit et dans son fou transport
Lamartine l'entend hurler des cris de mort.
Elle veut qu'à l'instant sur l'hôtel on arbore
Un lambeau de drap rouge et que le sang colore
Peut-être, sans que l'œil l'y puisse découvrir.
Tout à coup l'on entend la fenêtre s'ouvrir,
Lamartine paraît et la foule est émue,
Tout le monde s'arrête et se tait dans la rue;
Il s'avance au balcon seul, pâle, frémissant,
Et son œil aperçoit cet emblème de sang,

Et son cœur se révolte, et sa voix tonne et crie,
« Votre drapeau n'est pas celui de la patrie?
« Le drapeau tricolore a couru l'univers
« Avec nos libertés, nos gloires, nos revers,
« Et votre drapeau rouge on le cache, on le traîne
« Autour de Champ de Mars dans la·bouc et la haine !
« Ah ! laissez, citoyens, ce hideux oripeau,
« Le drapeau tricolore est votre seul drapeau. »
Et la foule applaudit à sa parole aimée
Et s'écoule soudain muette et désarmée.

LA GUERRE

LA GUERRE

ODE

Un souffle de fureur passe sur les humains.
Un geste, un mot suffit, et des rages infâmes,
Des appétits brutaux, de farouches instincts
    S'allument dans les âmes.

O guerre d'où viens-tu ? quel est donc ton passé :
D'ancêtres disparus n'es-tu pas l'héritage?
N'es-tu pas le témoin, le symptôme effacé
    Des horreurs d'un autre âge?

N'es-tu pas le ferment des luttes d'autrefois ?
Alors que l'homme faible et couché sur la terre
Se battait pour la vie et cachait dans les bois
  Sa nature grossière.

Oui, tu portes le sceau d'une ère qui n'est plus,
D'une origine infime et d'un état immonde,
Et tu reviens pourtant, et tu rends superflus
  Les progrès de ce monde.

Ah ! que de fois, hélas ! lorsque notre avenir
Paraissait nous donner de longues espérances,
Ah ! que de fois ton souffle a suffi pour ternir
  Ces belles apparences !

Que de fois le progrès, au seul bruit de ton nom,
Fut chassé tout à coup du sol de la patrie,
Emportant loin de nous vers quelqu'autre horizon
  Nos arts, notre industrie.

Ah! guerre, guerre infâme! On ose quelquefois
Faire appel à la force, à la rage, à la haine;
C'est qu'un tyran alors veut suspendre les lois
    Pour forger quelque chaîne. (1)

Oui l'on ose vanter tes superbes élans,
Tes transports orgueilleux, tes sublimes envies,
C'est qu'un vainqueur nous nargue aux refrains insolents
    Des rages assouvies.

C'est qu'un Teuton rappelle en riant ses succès,
C'est que de Molke exulte en pensant à sa gloire :
Oui, la guerre a du bon, vient-il dire aux Français,
    Oui vous pouvez m'en croire.

La guerre, ajoute-t-il, est la source des droits;
Elle seule peut faire empires et royaumes;
C'est elle qui grandit, qui consacre les rois
    Aux yeux des autres hommes.

---

(1) Dernièrement a paru une lettre de M. de Molke sur la nécessité
de la guerre pour le perfectionnement humain.

Elle est dure aux petits, aux faibles abattus,
Aux races qui s'en vont, car son rôle est farouche;
Des peuples d'avenir et des mâles vertus
        C'est la pierre de touche.

Insensé! Vous croyez que la guerre suffit
Pour rendre un peuple grand, civilisé, prospère,
Et vous passez jetant ce monstrueux défi
        D'une absurde colère.

Eh bien! regardez-donc vous qui fûtes vainqueurs,
Vous qui parliez si haut de toutes vos conquêtes,
Vous qui nous poursuiviez de vos rires moqueurs,
        De vos cris, de vos fêtes;

Regardez, regardez de quel côté du Rhin
La campagne est plus belle et le sol plus fertile;
De quel côté le ciel est plus doux, plus serein,
        Le travail plus facile.

Voyez sur quelle rive on semble plus heureux;
Dans quel pays les cœurs ont le moins d'amertume,
Où d'être grand et bon, sensible et généreux
    On a surtout coutume.

Où sont donc les vertus, les grandeurs, les trésors,
Tous les beaux résultats dont vous parliez naguère?
Ils ont duré le temps qu'ont duré vos transports,
    Ils ont duré la guerre.

Vos projets d'avenir, vos élans de honheur,
Tout a fui loin de vous ainsi que fuit un rêve;
Et vos hommes d'État pensent avec terreur
    Qu'un autre jour se lève;

Un jour de tolérance, un jour de liberté,
Où la force n'est rien et ne peut rien prétendre,
Où le droit prime tout, où la fraternité
    Suffit à tout défendre.

Et maintenant en proie aux sinistres effets
Qu'ont produits parmi vous vos haines et vos crimes,
Vous voudriez effacer vos meurtres, vos forfaits,
    Oublier vos victimes.

Vous voudriez revenir aux beaux jours d'autrefois;
Avoir moins de soldats, moins d'impôts, moins d'entraves
Être moins Allemands et sous de libres lois
    Être un peut moins esclaves.

Eh bien ! n'essayez pas, ce serait imprudent;
Déjà votre victime à la revanche est prête,
Anxieuse elle vient, elle approche, elle attend,
    Et c'est vous qu'elle guette.

Ah! ne désarmez pas ! pour de puissants efforts
Il va falloir demain se préparer peut-être,
Tenez-vous toujours droits, réchauffez vos transports,
    La guerre peut renaître.

A votre sol avare arrachez vos enfants,
Vous devez recruter une jeunesse forte;
S'il faut être cruels pour être triomphants
    Soyez le donc... qu'importe!

Gardez de gros impôts et de gros effectifs,
C'est le meilleur moyen d'éviter la revanche;
Laissez des millions en caisse, improductifs,
    Votre fortune penche.

Pour préparer la guerre il faut tout employer;
Si vos champs sont déserts, vos villes en souffrance,
Peut-être pourrez-vous les donner en loyer
    A ces vaincus de France.

AUX INTRANSIGEANTS

AUX INTRANSIGEANTS

CHUTE DU MINISTÈRE GAMBETTA

ODE

Ah! vous vous repaissez de l'absurde espérance
    De l'avoir vaincu pour toujours ;
Mais ignorez-vous donc que lui seul à la France
    Ne peut en vain avoir recours ?
— Lui seul! Pourquoi? D'où vient ce droit à l'ingérence ?

Avez-vous oublié les sombres jours des pleurs,
    Les longues nuits d'attente vaine;

Avez-vous oublié nos revers, nos douleurs,
    Nos désespoirs et notre haine?
— Eh bien! ne dit-on pas qu'il accrut nos malheurs?

Certes lorsqu'il fallait pour effacer la honte
    Lever en masse nos conscrits,
Personne de ses maux n'osait forcer le compte,
    Ni de son sang hausser le prix.
— Même un vil étranger l'avoue et le raconte.

Ah! nul ne vint alors bafouer son pouvoir
    Ni contredire à sa parole;
Chacun obéissait, c'était l'humble devoir,
    Mais aussi c'était le beau rôle.
— Et lui dut tout régler, tout faire, tout savoir.

Ah! lui? c'était la voix qui passe dans la nue,
    La voix qui fait vibrer les cœurs,
La voix dont les échos dans la campagne nue
    Troublent les bivouacs des vainqueurs.
— De ce lointain passé la splendeur diminue.

Et cette voix criait la guerre et l'union,
       Donnait le signal de la charge,
Arrêtait un instant l'horrible invasion
       Et la faisait passer au large.

— Il ne fit qu'abuser de notre nation.

Non, non il rallia nos forces dispersées,
       Créa des chefs et des soldats,
Dans leurs cœurs abattus, dans leurs âmes blessées
       Fit passer l'ardeur des combats.

—Alors les questions n'étaient pas si pressées.

Alors on se sentait en face du danger,
       On ne pensait qu'à la patrie,
On voulait avant tout repousser l'étranger
       Et soigner la France meurtrie.

— Et tous sous nos drapeaux nous vînmes nous ranger.

Et nous fûmes vaincus, trahis! quelle souffrance!
       Et nul ne vint nous secourir;

L'Europe nous nargua de son indifférence
    Et rit en nous voyant mourir.
— Mais après tout l'honneur fut sauf. Vive la France !

Certes l'honneur fut sauf, et grâce à ses efforts,
    A son ardent patriotisme ;
Sans lui nous rougirions de honte et de remords,
    A moins d'avoir votre cynisme.
— Eh ! s'il était moins grand il aurait moins de torts

LA TOURBE

LA TOURBE

Elle se croit le peuple. Elle marche hagarde
    Sans dessein et sans foi;
La rage la conduit, notre pitié la garde,
    L'intérêt est sa loi.
Elle passe semant la discorde et la haine
    Des révolutions,
Soufflant sur les humains de son impure haleine
    Le feu des passions.
Elle n'a point d'amour ni de patriotisme,
    Rien ne peut l'émouvoir,
Et dans les seuls penchants de son vil égoïsme
    Place tout son pouvoir.

CONFIANCE !

CONFIANCE

O noble et grand pays, ô douce et belle France,
On voit que dans ton cœur s'éveille l'espérance,
Le monde sent l'effort de ta puissante main,
Et cherche à deviner tes projets de demain;
Il comprend que ton peuple est un peuple vivace,
Que ta plaie est pansée et que ton dœuil s'efface;
Il regarde, anxieux, ta force qui grandit,
Ton étoile déjà dans le ciel resplendit,
Un jour nouveau se lève; oh! qu'il soit, belle France,
Pour tous les opprimés un jour de délivrance!
Ah! nous avons souffert l'agonie et l'affront,
La rougeur a souvent coloré notre front,

La haine a bien des fois allumé dans notre âme
Des élans de jadis la vengeresse flamme,
Nous avons attendu, nous attendrons encor,
Si l'attente est utile à régler notre effort.
Mais ne laissons jamais endormir nos courages,
rançais, souvenons-nous des hontes, des outrages,
Souvenons-nous des jours où la patrie en dœuil
A vu braver sa gloire et son antique orgueil,
Et qu'en ce souvenir chacun de ses fils puise
L'énergie et l'espoir de surmonter la crise.
Oui, notre France a vu de plus affreux revers :
Sa campagne livrée à cent peuples divers,
Ses villes au pouvoir de phalanges avides,
Ses soldats prisonniers et ses femmes livides,
Ses vieillards, ses enfants suppliant des vainqueurs
Qui riaient devant eux et narguaient leurs douleurs.
La France a vu ces maux, elle a vu pis encore !
Elle a vu, spectre affreux qui tue et qui dévore,
L'horrible trahison s'attacher à son flanc
Et verser sans merci le plus pur de son sang !
Elle a vu, puissions-nous effacer de l'histoire
Ce hideux cauchemar qui ternit notre gloire,
Ses enfants, des Français dans d'horribles transports
Se déchirant entr'eux sans honte et sans remords,

Et la guerre civile implacable et fatale
Détruisant ses palais, brûlant sa capitale !
Et ces maux sont passés et la France est debout
Faisant face au péril. Eh bien ! ce n'est pas tout.
Chaque fois que le sort s'est acharné sur elle
Elle est redevenue et plus forte et plus belle ;
Et c'est toujours après les plus grandes douleurs
Que du plus vif éclat ont brillé ses couleurs ;
C'est quand elle sortait des plus profonds abîmes
Que son nom a volé sur les plus hautes cîmes.
Car alors de ses fils le trop volage essaim
Revenait vivement se serrer sur son sein,
Et redoublant d'amour, de soins et de caresses,
Lui rendait l'énergie à force de tendresses.
Elle élevait la voix, calmait ces doux transports,
Assignait à chacun le but de ses efforts
Et, formant un faisceau de ces forces unies,
Elle les opposait aux rages impunies.
Les torrents furieux des ennemis ligués
Du jour au lendemain se trouvaient endigués.
Alors ils remontaient lentement vers leur source
Cherchant l'occasion de reprendre leur course.
Mais les Français gardaient leur mot de ralliement
Et le jour attendu, le jour du châtiment

Se levait; et la France enfin victorieuse
Marchait vers le progrès sa marche glorieuse.
Oui! grâce à l'union de ses généreux fils
La France a surmonté d'effroyables périls.
La cause de nos maux nous en dit le remède :
Que chacun à chacun veuille venir en aide
Et la patrie aura bientôt comme autrefois
Retrouvé sa splendeur et reconquis ses droits.
Oui les enfants feront ce qu'ont fait leurs ancêtres.
Ils n'auront pas toujours des lâches et des traîtres
Pour arrêter leur marche et tromper leurs efforts.
Des vivants sont venus à la place des morts,
Les traîtres sont partis, nous n'avons plus de lâche,
Mais notre France, elle, est toujours là, qu'on le sache!
La France est toujours là, rien d'elle n'est changé,
Rien, pas même le sol qu'occupe l'étranger.
Qu'importent les traités d'un ennemi farouche,
Qu'importent les vains mots qui sortent de sa bouche,
Les propos insensés, les absurdes leçons!
C'est le même soleil qui mûrit nos moissons;
Qui le laissant en proie à ses boissons ignobles
Vient féconder nos champs et dorer nos vignobles.
Comme jadis encor c'est toujours le même air
Ou qui descend des monts ou qui vient de la mer,

Qui fait frémir nos bois de ses douces haleines
Et répand la santé dans nos riantes plaines.
Comme aux temps de César, comme aux temps des Gaulois,
Comme aux temps féodaux, comme aux temps de nos rois,
Et la Saône et la Meuse, et la Seine et le Rhône,
Et la Loire rêveuse, et l'ardente Garonne,
Et le Rhin... mais hélas ne parlons pas du Rhin !
Murmurent sous nos pieds leur gracieux refrain.
Nos villes, nos hameaux, nos cités florissantes
Restent toujours debout fécondes et puissantes.
Les œuvres des aïeux, des penseurs, des héros,
De nos législateurs et de nos généraux
Sous la main de chacun toujours jeunes et vives
Palpitent près de nous dans nos saintes archives,
Et nous les comprenons, et nous les admirons,
Et vers leur idéal nous les fils nous vibrons.
Oui, nous tous nous vibrons, lorsque notre pensée
Vers nos grands souvenirs s'est parfois élancée.
Alors autour de nous nous jetons un regard,
Qui vive! crions-nous dans la foule au hasard
Et mille et mille voix soudain répondent : France !
Ah ! cet appel n'est pas l'appel de délivrance !
L'heure n'est pas venue, il ne faut pas encor
Marcher tout droit au but et prendre son essor.

Mais puisqu'au même appel déjà chacun arrive
Et fait même réponse au même cri : qui vive!
C'est donc que les Français eux aussi sont vivants.
Eh bien! oui plus de mots trompeurs et décevants.
Si la France est toujours notre belle patrie,
Nous la reconnaissons quoique triste et meurtrie.
Et nous, nous sommes bien les fils des vieux Gaulois
Aussi fiers que jadis, aussi forts qu'autrefois.
Oui, oui, nous sommes là, la preuve en sera faite,
Malheur à qui prétend vouloir nous tenir tête.
Pas plus que notre sol nous ne sommes changés ;
Nous saurons le prouver un jour aux étrangers.
Voyez nos laboureurs travaillant sans relâche,
Nos braves paysans assidus à leur tâche,
Ne se laissant jamais détourner du devoir,
Vivant sans passion de leur modique avoir,
Méprisant la fatigue, oubliant la souffrance,
Amassant sou par sou le crédit de la France.
Voyez nos ouvriers intrépides, ardents
Comme un coursier fougueux qui prend le mors aux dents,
Impatients des jougs, des frains et des tutelles,
Mais braves eux aussi généreux et fidèles.
Voyez nos commerçants, nos banquiers, nos bourgeois :
Ne rappellent-ils pas leurs aïeux d'autrefois?

Regardez maintenant dans une autre carrière;
Nul ne s'immobilise et ne reste en arrière.
Là ce sont nos savants, ici nos orateurs,
Nos artistes féconds, nos peintres, nos sculpteurs,
Donnant à l'idéal le plus pur de leur âme,
Éclairant l'univers d'une éternelle flamme.
C'est la foule de ceux qui cherchent loin du bruit
A saisir le renom, ce fantôme qui fuit.
Puis c'est la légion sainte de nos poëtes
Qui rendent par leurs vers nos gloires plus complètes
En les enregistrant pour la postérité.
Combien déjà sont mûrs pour l'immortalité!
Combien gardant l'ardeur de l'ardente jeunesse
L'échangeraient encor pour leur verte vieillesse !
Le grand Victor Hugo n'est-il pas là, géant
Qui fait peur au trépas et fait fuir le néant?
Et notre grand Français dont les œuvres fécondes
Ouvrant les continents réunissent les mondes?
Et l'immortel Pasteur? Et près d'eux, mais plus bas,
Leurs disciples nombreux qui marchent sur leurs pas.
Ainsi nous sommes bien quoi qu'en disent les autres,
Les initiateurs et les vaillants apôtres
D'un idéal sublime et du progrès humain.
Ah! Mais il ne faut pas que sur notre chemin

On vienne lâchement nous jeter des entraves.
Si nous émancipons les proscrits, les esclaves
Il ne faut pas qu'un peuple, un ennemi pervers
Vienne sournoisement nous imposer des fers.
Et tandis qu'absorbés dans nos graves pensées
Nous luttons pour le bien les luttes commencées,
Il ne faut pas qu'un jour la ligue des méchants
Vienne assouvir sur nous ses féroces penchants,
Et faisant rebrousser le progrès qui s'avance
Vienne fouler aux pieds l'idéal de la France.
Nous devons, et pour nous et pour l'humanité,
Garder dans notre cœur fortement abrité
Ce qui nous a rendu le peuple magnanime,
Le peuple vraiment grand, le seul juste et sublime.
Nous devons empêcher que changeant nos projets
Un vainqueur nous insulte et nous traite en sujets,
Et sur un vain prétexte arrêtant notre marche
Sans être foudroyé porte la main sur l'arche.
Nous savons ce qu'il faut pour imposer sa loi.
En nous seuls aujourd'hui nous pouvons avoir foi,
Et les peuples voisins se rendent enfin compte
Que la France jamais ne s'endort sur la honte.
Maintenant notre armée est prête, et nos soldats
Ont soif de la revanche et des prochains combats.

Ils sont forts et nombreux confiants dans leur cause,
En eux avec raison le pays se repose.
Le souffle qui jadis fit leurs aïeux vainqueurs
Agite leurs drapeaux et passe dans leurs cœurs.
Ils ont la folle ardeur des grandes entreprises,
Ils comprennent qu'enfin les mesures sont prises
Pour que rien ne leur manque au moment du danger.
Qu'on insulte la France, ils sauront la venger !
Que quelqu'un ose encor menacer la patrie,
Ils n'auront pas besoin qu'on les cherche ou les prie,
On les trouvera prêts à tous les dévoûments,
Enfin heureux et fiers de tenir leurs serments.
Pourquoi donc après tout attendre la menace?
Notre France est déchue et n'est plus à sa place
Et la force aujourd'hui ne prime plus le droit;
Nous ne connaissons plus de doute ni d'effroi;
Une flamme secrète en nos cœurs nous consume;
L'humanité l'éteint, la revanche l'allume.
Mais ce feu dévorant nous brûle et nous poursuit
Et l'âge vient, et l'heure passe et le temps fuit.
Hâtons-nous, hâtons-nous, le moment est propice
Nous sommes à présent tous prêts au sacrifice
Depuis plus de quinze ans que nous rongeons le frein,
Que nous forgeons le fer, que nous coulons l'airain;

Que tous nos arsenaux travaillent sans relâche;
Nous voyons arriver la fin de notre tâche..
Nous sommes prêts enfin, formidablement prêts :
Dès aujourd'hui la lutte est dans nos intérêts.
Nos soldats ont repris leur ancienne assurance;
Ils sont prêts à mourir même loin de la France,
On en fait chaque jour la preuve. Eh bien, là-bas,
A Tunis, au Tonkin ceux qui vont aux combats
Cherchent à dépenser contre une infime horde
De leurs cœurs valeureux le trop plein qui déborde,
Et quand le jour viendra d'un combat plus égal
Notre brave soldat attendra son rival...
Mais non on ne veut pas d'une lutte prochaine,
On prétend nous calmer et tromper notre haine,
On nous parle de paix et de désarmement!
On a peur!... Haut les bras! C'est enfin le moment.
Oui, l'on a peur, vous dis-je, et l'on craint la revanche.
C'est de notre côté que la fortune penche.
Eh bien! ne tardons plus, plus de mot décevant
Les cœurs sont hauts et fiers, crions tous : En avant!

LA RÉVOLUTION

ÉPOPÉE EN DIX CHANTS

Chant Ier

LA RÉVOLUTION

ÉPOPÉE

O muse, redis-moi les noms de ces génies
A qui la France dut la fin des tyrannies;
Redis-moi leurs hauts faits, leurs vertus, leurs efforts;
Fais dans mon faible cœur pénétrer leurs transports,
Allume dans mes sens ces dévorantes flammes
Qui guidaient leurs esprits, qui consumaient leurs âmes,
Et leur montraient au loin la sainte humanité
S'avançant au flambeau de la fraternité.

O muse, inspire-moi, soutiens-moi sur ton aile
Et qu'en mes chants obscurs la justice étincelle.

Caïn était méchant, indomptable et jaloux,
. Tous les siens ne devaient lui parler qu'à genoux,
Tous rampaient à ses pieds et sous sa rude écorce
Admiraient en tremblant son génie et sa force.
Abel son frère était juste, tranquille et bon,
Il aimait la douceur, la paix et le pardon,
Il accablait les siens de bontés, de tendresses,
Et les siens lui rendaient son amour en caresses.
Les enfants de Caïn étaient plus grands, plus forts,
Toujours immodérés dans leurs fougueux transports;
Mais les enfants d'Abel, ô fatalité sombre!
Plus faibles, plus craintifs, étaient en plus grand nombre;
Et leur père jetait les yeux avec amour
Sur sa grande famille augmentant chaque jour.
Alors considérant la race de son frère
Elle lui paraissait plus forte et moins prospère;
Et des larmes coulaient brûlantes de ses yeux,
Et ses mains en tremblant se levaient vers les cieux :

O mon Dieu, pensait-il, pourquoi ces différences ?
Pourquoi n'aurions-nous pas les mêmes espérances ?
Rends les fils de Caïn plus nombreux et moins durs,
Mais laisse ceux d'Abel aussi doux, aussi purs,
Fais que nos deux maisons s'aiment et soient égales,
Mais évite, ô mon Dieu, quelles ne soient rivales.

Un jour Abel sortit, il allait à pas lents
Le cœur épanoui de généreux élans,
Il voulait à tout prix s'entendre avec son frère,
Et seul il parcourait le désert solitaire.
Le soleil se couchait et le ciel rougissant
Jetait autour d'Abel comme des flots de sang.
Et lui marchait toujours, malgré l'heure avancée
Torturant son esprit et fouillant sa pensée;
Oubliant qu'au logis, à la chute du jour,
Ses filles et ses fils attendaient son retour.
Sans qu'il s'en aperçût la nuit était venue
Cachant à ses regards une terre inconnue.
Soudain il lui sembla que quelqu'un le suivait
Et que de l'horizon une voix s'élevait :

« Arrête! criait-on... Il reconnut son frère.
Ah! c'est toi, dit Abel. — Plus un pas téméraire,
Lui répondit la voix. — Caïn, Caïn, c'est moi,
Je me suis égaré... Caïn reprit : qui, toi?
— Mais c'est moi, c'est Abel, c'est ton frère fidèle,
Tu la reconnais bien c'est ma voix qui t'appelle.
Et Caïn tout à coup se dressa devant lui :
Je te tiens, hurla-t-il, je te tiens aujourd'hui!...
Enfin!... Abel lui dit : Pour unir nos familles
Je voulais par tes fils faire épouser mes filles...
Je te cherchais. — Tais-toi. — Mais quelle est ton erreur,
Pourquoi parler ainsi. d'où vient cette fureur,
Quel est donc le motif du courroux qui t'emporte?
O Caïn, réponds-moi, je t'aime. — Que m'importe,
Moi je ne t'aime pas. — Que me reproches-tu?
Lequel de mes défauts t'a choqué? — Ta vertu!
Il dit, et le bourreau se jetant sur son frère
A ses pieds d'un seul coup l'étendit sur la terre.
Tiens, meurs, s'écria-t-il, la force, c'est le droit!
Il se tut et partit sans remords, sans effroi.
De retour près des siens, il leur dit : soyez braves,
L'univers est à nous, nous n'avons plus d'entraves.
Enfin Abel est mort, c'est moi qui l'ai tué!
Que mon ouvrage soit par vous continué;

Que la race d'Abel déjà dégénérée
Pour nos besoins futurs soit par vous tolérée,
Mais que dès cette nuit soumise à notre loi
Elle n'ait plus enfin d'autre maître que moi.
Allez, restez unis, elle sera docile,
Et si vous êtes prompts le succès est facile...
Et les siens, à ces mots saisis d'un fou transport
Lui répondirent tous par de longs cris de mort :
Puis voulant de leur père imiter le modèle
Et prouver sous ses yeux la rage de leur zèle,
Ils jurèrent d'avoir enchaîné sans retour
Tous les enfants d'Abel, avant la fin du jour.
Ils sortirent alors pris d'une ardeur soudaine,
Et leur foule compacte au loin couvrit la plaine.
Hélas! Le soir venu la sainte égalité
Avait fui pour longtemps la pauvre humanité !
Hélas! La chasse à l'homme effroyable, insensée,
Par les fils de Caïn en ce jour commencée
Sur la terre déserte et sous les vastes cieux
Presque éternellement devait durer comme eux !
Hélas! C'est de ce jour que datent l'esclavage,
L'abjecte oppression et l'immonde servage ;
Et c'est de ce moment que sont nés dans les cœurs
Le mépris des vaincus, la crainte des vainqueurs.

Mais les enfants d'Abel dans leur noire misère
Pouvaient-ils oublier le meurtre de leur père?
Hélas! ils le pouvaient! Le pauvre cœur humain
Dans le parcours du temps s'use à chaque chemin,
Et si Dieu l'eût voulu, lentement dans les âmes
Il aurait de la haine éteint les justes flammes.
Mais il est juste et bon, il ne le voulut pas
Et lui-même d'Abel dut venger le trépas :
Car c'est lui seul qui peut dans le cœur des victimes
Mettre les longs remous des haines légitimes!

Un jour les fils d'Abel endormis sur leurs fers
Oubliaient lâchement leurs injustes revers;
Et les fils de Caïn heureux de leur silence
Les bravaient de leur faste et de leur opulence,
Et dans leur fol orgueil ils disaient qu'autrefois
Dieu même les avait investis de leurs droits.
Mais Dieu les écoutait et soudain sur la terre
Ce cri passa : Caïn, qu'as-tu fait de ton frère?
Et seuls les opprimés entendirent ce cri,
Et le spectre d'Abel leur apparut meurtri,

Le corps souillé de sang et la face livide,
Portant encor les coups d'une main fratricide.
Et bien! depuis ce jour à chaque exaction,
A chaque nouveau crime, à chaque oppression,
Lorsque les fils d'Abel se courbaient sous l'outrage,
Et dévoraient, hélas! et leur honte et leur rage;
Alors, à chaque fois, la voix de Dieu reprit,
Avec plus de courroux, toujours ce même cri :
Caïn, Caïn, Caïn, qu'as-tu fait de ton frère?
Et le spectre d'Abel frémissant de colère
Devant les opprimés se dressait tout sanglant.
Mais eux se souvenaient et juraient en tremblant
Qu'ils sortiraient bientôt de leur ignominie
Et qu'ils sauraient enfin punir la tyrannie.
Un jour Dieu dit : « Ils sont isolés par l'erreur,
« La misère, la faim, la honte et la terreur,
« En vain j'ai fait couler lentement dans leurs veines
« Le ferment de la rage et le virus des haines,
« Ils ne ressentent plus le dard de l'aiguillon,
« Ils se courbent toujours plus bas sur le sillon.
« Il faut les secourir. » Et soudain sans colère
De son souffle divin il remua la terre.
Aussitôt l'espérance aux humains désolés
Désigne un même but aux efforts isolés.

Aussitôt l'homme à l'homme et s'unit et s'allie,
Le langage se fixe et l'esprit se délie,
La voix ne suffit plus à ces nouveaux transports
Et l'écriture vient pour fixer leur essor,
De ce don du Très-haut l'influence rapide
Change en un peuple fort une race timide,
Et les enfants d'Abel partout de s'écrier :
« Levez-vous, malheureux, il ne faut plus prier,
« Vous avez tous enfin les mêmes espérances,
« Tous les mêmes devoirs, tous les mêmes souffrances,
« Et vous êtes la force et vous êtes le droit
« Car vous êtes le nombre et le peuple qui croît. »
Et l'écriture allait, et son œuvre bénie
Multipliait la voix, grandissait le génie,
Et sans cesse gonflée, en mille traits divers
Obligeait la pensée à courir l'univers.
Tout à coup en tous lieux le ferment des révoltes
Fait mûrir des conflits les éparses récoltes;
Le peuple issu d'Abel relève enfin le front.
Il ne se courbe plus sous l'injure et l'affront,
Il voit auprès de lui son oppresseur qui passe,
Il tressaille et lui jette une injure à la face;
Et le fils de Caïn prévoyant le danger
Pâlit, hâte le pas et n'ose se venger.

Alors il semble à tous que la fortune penche,
Que le jour attendu, le jour de la revanche
Se lève. Abel! Abel! disaient les opprimés,
Non, nous ne serons plus par la faim décimés,
Nous ne craignons plus rien de nos vainqueurs farouches,
Les baillons d'autrefois sont tombés de nos bouches,
Nous sommes grands et fiers, regarde nos progrès.
Faut-il enfin agir, parle, nous sommes prêts?
Et Jésus-Christ parut. Secouant l'ancien monde,
Il sema de l'amour la semence féconde,
Il unit en faisceaux les efforts des martyrs,
Reconnut, accepta les justes repentirs,
Fit trembler les tyrans et bravant leur supplice
De sa vie à son peuple offrit le sacrifice.

Un vent de rage alors s'élève à l'horizon,
La haine dans les cœurs obscurcit la raison,
L'empire Romain tremble, il oscile, il s'écroule.
Des Vandales, des Huns le flot mugit et roule,
Tout passe, tout périt, la nuit descend des cieux
Arrêtant le progrès et le voilant aux yeux.

Opprimés, oppresseurs, mêlés par cet orage,
En commun auraient dû se remettre à l'ouvrage ;
Dieu ne le voulut pas, car le crime impuni
Jamais à la vertu ne peut rester uni.
Il permit aux tyrans de relever la tête,
D'étouffer leurs remords, d'oublier leur défaite
Et de se perdre encore en de nouveaux forfaits ;
Lui-même dut venir diriger le progrès,
Et Gutenberg parut qui par l'imprimerie
Tout à coup fit jaillir l'idée avec furie.
Puissante elle grandit et nul tyran humain
N'osa même essayer de barrer son chemin.
Les émancipateurs commencent à paraître,
La liberté se lève et le peuple va naître.
Luther sapa d'abord cet antique pouvoir
Qui faisait à son gré le droit et le devoir,
Et déviant hélas ! de sa divine essence
Aux ordres du Très-Haut opposait sa puissance.
La moitié de l'Europe accepta de sa main
La loi de la réforme et du libre examen ;
Voltaire vint après dont l'amère ironie
Cingla tous les abus du fouet de son génie
Et qui de la raison suivant les seules lois
Attaqua sans pitié les papes et les rois.

Ensuite vint Rousseau plus rêveur et plus tendre,
D'autres vinrent après dont la voix fit entendre
Et les mêmes conseils et les mêmes leçons
Ouvrant toujours plus loin de nouveaux horizons;
Puis un jour la pensée eut creusé ses abîmes,
Et ses flots en grondant roulaient aux pieds des cimes
Qui depuis si longtemps s'opposaient à son cours
Et qu'elle allait enfin aplanir pour toujours.
Soudain semant la crainte et semant l'espérance
Un long rugissement fit frissonner la France,
Le peuple commençait à sentir l'aiguillon,
Et, s'arrêtant enfin au milieu du sillon,
De son immense voix faisant trembler la terre
Jetait autour de lui des yeux pleins de colère.
Ah! oui c'était le peuple, on ne s'y trompait pas,
A peine faisait-il quelques timides pas,
Et des tyrans déjà la cohorte tremblante
Oubliait en fuyant sa folie insolente.
Ah! oui c'était le peuple! A peine il était né,
Il gémissait encore, il était enchaîné,
Et déjà tous sentaient passer sa rude haleine
Et se courbaient tremblants s'il remuait sa chaîne.
Ah! oui c'était le peuple immense, fier, puissant,
Engendré dans la honte et les pleurs et le sang

Et dont les yeux enfin s'ouvrant à la lumière
Voyaient autour de lui son but et sa carrière.
Peuple, peuple éternel, puissent mes faibles chants
Expliquer tes désirs, tes rêves, tes penchants!
Puissent quelques échos de ton ancien délire
Faire vibrer bientôt les cordes de ma lyre!
Puissent ta noble ardeur et ton juste courroux
Rallumer dans mon âme un siècle éteint pour nous!
Hélas! je veux chanter les maux de ta naissance,
Les pénibles efforts de ta première enfance;
Je voudrais célébrer tes succès, tes revers,
Scruter tes sentiments et dire dans mes vers
Que si l'homme isolé n'est qu'un point dans l'espace
Qui tourne sans motif, disparaît et s'efface,
Il devient peuple un jour par la fraternité,
Comme toi tu deviens, peuple, l'humanité.
Ah! mais qui suis-je, hélas! qu'es-tu donc, douce muse ?
Quel mirage trompeur nous suit et nous abuse,
Comment pouvoir remplir un si vaste sujet,
Mener à bonne fin un si vaste projet?
Eh bien! à chaque jour suffit une humble tâche
Et quitter le combat serait infâme et lâche.
Et vous, héros, martyrs dont le sublime effort
A fait d'hommes craintifs un peuple grand et fort,

Dont le sang généreux a jeté dans le monde
De notre liberté la semence féconde ;
Vous à qui nous devons, à qui tout homme doit
D'un rapide progrès la juste et grande loi,
Ah ! daignez m'inspirer, secourir ma détresse,
Soutenir dans ses chants ma muse vengeresse.

TABLE DES MATIÈRES

Pages.

I.   La perfide Albion 3
II.   Terzza rima à M. Paul Deroulède 13
III. Rondeau redoublé à la France 21
IV.   La pendule de Weimar. — *Ballade* 25
V.   Le Peuple 29
VI.   A l'Étendard. — *Ballade* 33
VII. Sursum corda ! 39
VIII. L'Ame de la Patrie. — *Ode* 45
IX.   Sonnet 55
X.   Le Lion 59
XI.   Le Drapeau. — *Ode* 63
XII. Aux partisans des régimes déchus. — *Ode* 73
XIII. Le Drapeau rouge 79
XIV. La Guerre. — *Ode* 83
XV.   Aux Intransigeants. — *Ode* 93
XVI. La Tourbe 99

Confiance. — *Poème* 103

La Révolution. — *Épopée en dix chants, chant I* 115

CHEZ LE MÊME ÉDITEUR

LES PRUSSIENNES, par ALEXANDRE CHEVALIER 2ᵉ édit·
  1 vol., grand in-18..................... 3 fr. 50
ANGELA ou L'ALSACE ENCHAÎNÉE par ERNEST MAGNANT.
  1 volume in-8........................... 3 fr.
LE PÈRE KOLISCH, par RENÉ ASSE et AUGUSTE GEORGEL.
  Grand in-18............................ » 75
COQS ET VAUTOURS, par CLAUDE-CHARLES COLAS,
  magnifique édition, ornée de 48 compositions, par Berne-
  Belcour, Jeanniot, Dupray, Ferdinand Bac, Kauffmann,
  Clérice, dont 14 tirées à part hors texte. 1 vol. in-8°
  écu.................................... 5 fr.
  Il a été tiré, en outre, 300 exemplaires numérotées sur
  papier impérial du Japon, à 20 francs;
  Et 500 exemplaires sur papier de Hollande, à 10 francs.
LES TENDRESSES ET LES CULTES, par EMILE TROL-
  LIET, 1 vol., gr. in-18................... 3 fr. 50
LARMES ET SOURIRES, par GEORGES HESBERT. 1 vol.
  in-16 elzevir, papier teinté............. 3 fr. 50
ROMANIA, par MARIE NIZET. 1 vol. in-12......... 5 fr.
LES CONTES TOURANGEAUX, gais, devis, recueillis
  par un lettré poitevin. 1 vol. gr. in-18........... 6 fr.
LES HEURES DU SOLEIL, par J. BAILLY. 1 volume
  in-12.................................. 6 fr.
LES JOIES DU MARIAGE, par AMANS. 1 vol. in-32, pa-
  pier teinté............................. 1 fr. 50
HARDYMILE, par JULES FRANC. 1 vol. in-12....... 3 fr.
RIMES PLÉBÉIENNES, par THÉODORE VIBERT. 1 vol.
  in-12.................................. 2 fr.
LES TROUVÈRES par MARQUE et D. MON. 1 vol.
  in-12.................................. 3 fr.
NOUVELLE GERBE, par RAOUL BONNERY, 1 volume
  in-12.................................. 3 fr.
LES CHANTS DU MATIN, par ALBERT CHATEAU. 1 vol.
  in-12.................................. 2 fr. 50
FLEURS DU RÊVE, par HÉLÈNE SWARTH. 1 vol.
  in-12.................................. 2 fr.
RIMES NOCTURNES, par FRANCIS MELVIL. 1 vol.
  in-12.................................. 3 fr.
CHARDONS ET MYOSOTIS, par LOUIS TRIDON, 1 vol.
  in-12.................................. 3 fr.
MA LORRAINE, poèmes par ERNEST MEUGNANT 1 volume
  grand in-18............................ 3 fr.
MÉLANCOLIES ANIMALES par CHARLES LEXPERT, 1 volume grand in-18, avec 60 dessins de CLÉRIN deuxième
  édition................................ 3 fr. 50

Alençon. — Imprimerie F. GUY, 11, rue de la Halle-aux-Toiles.